遠い近代を彷徨う物語

稲川方人

共同体の近代史をめぐる概念とも言えるし、また優れて近代文学的概念とも言える「中心と辺境」というふたつの、意味を対立させながらも実は互いを補完する語彙がまず『夏の砦』には布置されている。わざわざ「近代」という便利極まりない一語を冠詞に用いねばならぬ確たる理由はないのは留意しているつもりだが、しかし、『夏の砦』が、決して豊かな「語り」としては描こうとはしていないある辺境の「物語」を思うとき、そこには「近代」が不可避となるのは疑えない。照井知二がみずからの詩集を悼みとともに捧げる「遠祖」たちは、近代が形成する人格を奪われたまま「野死」する人々であり、近代によって形成された「人格」を彼らが獰猛なまでに疑う存在であることを照井は措定する。『夏の砦』が見つめる「中心と辺境」が全篇においてその概念の既存性に決して消極的となることなく「物語」を誘導している所以である。

森に生き、川に生き、鉱山に生きた人々の遠い陰影の数々に応えるために意識化された照井の方法はなにより、「語り」が散文に吸収されることをいかに回避するかに求められる。詩集全体の背後に鬱血するように彷徨っている物語を豊かには語り得ない理由もそこにある。たしかに「散文」との葛藤自体は「詩」においては詩人の誰もが経験する自明の事態にすぎないが、『夏の砦』に意識化されたそれが特記されるべきなのは、なにより「語り」の主格を詩行に潜在させていることである。「語り」はその都度、言葉に向けて散文への回帰あるいは説話への還元を否応なく強いる。それもまた「近代」の文学をめぐる諸問題の一例だが、全四章からなる『夏の砦』を構成する五には、単数複数に関わらず一人称の一切ることに注視せざるを得ない。あたか見するのをためらうような前近代性をようとするかのようであり、未生の見間違いなく、言葉が「説話」へと陥落き止めている。唯一「おれ」という一ている一篇があるが（『山祇』）、「おれ」「語り」の登場人物であるイワシを食がみ」である。つまりは神話の媒介者り彼は見えざる存在である。そのこ『夏の砦』の「語り」を決定もしているだろう。語りの主格がいまだ明らかではない場にいて「物語」を先導する、このいかにも前近代的な所作をいかに詩において捉え返せばよいか、筆者の所感では、仮名で書かれた「とうもろこし」と「やまきしゃ」そして三章に置かれた「人参」、説話との葛藤が危ういこの三篇を除けば、照井知二の思考は全篇に行き渡っている。

章立てにも熟考の痕跡が認められるだろう。

あしたの便箋に
まあちゃんの飴玉を描く
黒い日はもう来ない黒い列車も
とりかえしのつかない
手紙に
書かれた柱の文字が残る

（「青い教室」）

と書き出される第二章の構成に奮起する照井の生々しい思考を筆者は受け取ったが、説話の傷痕が多く刻まれている「坑夫」と題されたこの章の、いくつかの固有名詞や人と人との関係を書く十六篇がどう読まれるか、ことによったら今日の詩の反動性すら試されかねない読後の印象がそこには漂うはずである。

照井知二を捉えた見えざる存在をめぐる方法上の課題は、物理的可視的な段階においても徹底されている。行数と語彙数に起因する詩行の成立の課題である。むしろ詩における可視的な問題をわれわれは『夏の砦』との始めの遭遇として記憶するかもしれないが、ほとんど全ての詩篇が見開きの二ページに収まる視覚的な潔さは、「語り」をめぐる宿命的な意識とむろん無縁ではない。『夏の砦』の詩篇を構成する構文は、一般的な詩と同様に複数のセンテンスを持つが、一つの場合も多いしせいぜい二つか三つが主である。先に説話との対立に危うさがあると筆者が感じた数篇がむしろ例外的にセンテンスの複数性は一般的である。詩形式に向ける照井の物理的思考はおそらく、詩行にセンテンスが介在することへの不信を澱としていると言える。われわれの現代詩の経験が解体期に達したかにみえる現在、詩行と構文／センテンスとの関係への思考は共時的なものだが、詩行の成立は詩人の固有性とは関係がないととりあえず言っておこう。『夏の砦』を圧倒的に構成する短詩の状態が詩人・照井知二の「個性」に収束されてしまうのか、やや大袈裟に言えば、これは本詩集へのわれわれ読み手の責任でもある。その責任の一端か、集中の佳品とも評価できる一篇「うたよみざる」の題名の六音に潜む幾通りかの意味のいずれに与するか、読者に問うてみたい。

「夢遊」の砦へ

中本道代

何年か前に「現代詩手帖」新人作品欄の選者を務めていたとき、沢山の投稿作品の中から、照井知二さんの作品は他とは全く異なる空気を纏って現れた。その空気を、私は歓びをもって深く呼吸した。どちらかというと長い作品の多いそのころの投稿作品の中で、照井さんの作品は際立って短く言葉も少ないのだが、どの行も広々とした空間を背後に持っており、そこから奥羽地方深くの、清冽な山の空気が吹きつけてくるような気がした。清冽な山の空気と言ってもただ爽やかというのではない。その中に血と暴力、飢えと貧しさ、生と死、人の欲望と汗などの気配を漂わせ、その上でどんな憐れみも混じり込まない非情さを持っていた。そこには現実の土地がある。詩のために土地が選ばれているのではなく、一つの土地がうっすらと、だが否応なく現れ出ようとしているのだという感じがした。

盛夏に
荒廃する森の
おきざりの弁当へ
ひきかえす山羊の
あまりの飢えの深さに
極彩の
食べつくせない
飢えを吐く
茫然と
吐き出されたものを見ている山羊
（「山羊」より）

照井さんの詩には謎がある。この作品で、飢えを吐くのは誰なのか。一義的には山羊のように思われるが、山羊ならば「吐き出されたものを見ている」ではなくて「吐き出したものを見ている」になるはずではないのか。このわずかな齟齬が私を立ち止まらせる。そして飢えを吐くのは山羊だとも、森だとも、飢えそのものだとも思われてくる。詩集タイトルの「夏の砦」とは「飢えの砦」でもあるのだろうか。照井さんの詩の謎は、言葉と言葉のあいだに多くの事柄が秘せられていることを感じさせて、読む者を引き込んでいく。そこには、「在ったことが」「無かったことになる」（「反歴史」）ことへの、困難な抵抗がある。

掘りつづく

暗いトンネルの底で
引きあげられない
死体の
胸に刺さった異音を
何度でも訊く

（「タガネ」）

これらの言葉は、時間の中に消滅してはいかない事柄を証する。歴史の視点からは見えないもの、問題にされることのないもの、報いられることのないものは、報いられない故に、消えていくことはなく「何度でも」そこに生起するのだという思いがある。鳥が縄文の言葉をくわえている土地、廃坑の土地に、流刑者、はぐれもの、非人、坑夫、岩切師、妻たち、遊女たち、子供たち、動物たち、妖怪たちの生が浮かび上がっている。

いくつも
寒波の夜具に
剝いだ獣皮を敷いて
ナイフの火で
伝承する山言葉を炙りながら
疵を懺悔する

（「懺悔」より）

ここには、皮を剝がれた獣がいる。獣は、皮を剝がれた、という事実から消滅していくことができない。ナイフ、火、言葉、いずれも人間の暴力的生存の具だ。そして、人間自身も傷と疵を負っている。私は、初出の詩誌でこの作品を読んだ時の恐怖を忘れることができないでいた。わずか十行ほどの詩に、人間が現れてからの世界の姿が凝縮されているような気がしたのだ。

曇天の広場で
卒倒するかもしれない
夢遊の帰宅を遂げるかもしれない

（「少年時代」より）

生まれた土地にこのような時間の重なりを見て育った少年の面影を、照井さんに重ねてもいいのだろうか。

照井知二『夏の砦』栞・思潮社

夏の砦

照井知二

思潮社

照井知二詩集

i　うたよみざる

ii 坑夫

夏の砦

この書を　遠祖の人びとに呈す

i うたよみざる

大神《オオカミ》

もみくちゃの漂泊に
なぜ中心と辺境を展くのか
遠吠えの

なせる王権が
狼煙と
滅ぶ岳で
不意に生きかえってみせる

木地川

となりあわせの
からくりを
他人といきる
行李を背負い
羽州言葉の撥ねる

蚤の話芸を聞く
木地川に
棄てられるさまを見に行って
和讃の聲を
帮けられなかった

反歴史

無かったことになる
在ったことが
骨の野路を
訊問をとおって

翳る歳月
うらの驕りを
見つからない裸が
したたり通る

うたよみざる

猿村の
ひとをはなれて
猿ひとり
ひとになれない
くれがたの
猿にはひとと

ならぬなり
かわぎしの
花をつまんと
はなれては
はなれていった
うたよみざるの
歌のこる

非戦

反逆の
黒頭巾を盗まれる
饗宴の
さらわれる戦利品

拾われに
いまわの妻が
降伏の
雪でみえない

山羊

弁当おきざりの
山羊を追って
大らかな
森の色彩をたどる
なくしたのは山羊の歳なのだろうか
すかせた腹は食べてない

盛夏に
荒廃する森の
おきざりの弁当へ
ひきかえす山羊の
あまりの飢えの深さに
極彩の
食べつくせない
飢えを吐く
茫然と
吐き出されたものを見ている山羊

忘れる餓死

懐を
はいで
ごらん

こと切れる
野死の先祖を
だれがつぐ

地名

行きどまり
崖そっくりの
地名を訊く
ふりむかなければ
呼ばれない
地名をたれか

踏みに行く
しーんと
あたりの暗く
ワシの羽根たたむ白骨が
こする
崖をふりむく

ビルの谷間で

無風が吹く
匿れそうな奥処をさがす
ビルの谷間の高層に
豊かな面影と
霊験の只中を
狩猟が

弩にかけて喚ぶ
兇作はどこへ行ったのだ
狙いすます稗の金的へ
弧を曳く
片隅に
最古の土器の
ひと纈《きれ》ひと纈《きれ》が
窃かに煮えたぎる

なぜ

うしなったものを今になって
ほりかえしてどうするの
眠りのなかに
つつましく呼びかけ
つれないで

在るのだからそこに
そっとしておくのがいいって
お祖父ちゃんも云ってた
むしかえさない
そこにあるのがいいって

タガネ

掘りつづく
暗いトンネルの底で
引きあげられない

死体の
胸に刺さった異音を
何度でも訊く

縄文の使者

仁左平《ニサッタイ》
豊間根《トイオマナイ》
江釣子《ヘチリコ》
たちならぶ
地名に匿れ
草木供養塔が

餓死供養塔に
明かしている
無罪の流刑を
固有の花に
晩い春は来る
縄文の
秘語を
籠める鳥語のあかつきを
くわえている
口承

＊地名（フリガナ）は『遠野方言誌』（大正一五年伊能嘉矩著「閉伊地名考」）などのアイヌ語地名参照。

ii 坑夫

青い教室

あしたの便箋に
まあちゃんの飴玉を画く
黒い日はもう来ない黒い列車も
とりかえしのつかない
手紙に

書かれた柱の文字が残る
無為の発破音ひく
泥おす初めての震え
青鷺の
窓に
手をあげる子はなかった

故郷

火の粉をおよぐ
ハーモニカ
行方をさがす
松男くんは
追いついてこない

荒ぶる川へ
身を投げる
悦ちゃんへ
風車を
とどけに行ったはずの
螢がぽつんと消える

鷲の巣小学校

近松の悦ちゃんに頼まれて髪を結った
マキを割る木が沈んでいく
胸さわぎ
鷲の巣小学校
言葉はがれる教科書をひろってから
どんなに経ったか

家に帰ったとき包丁の光る犬走りに
虫がならんでいた
あられ駅まで遠い大樹
木の実のそばで火を焚く
男の子たちの手がなくなるまで
みんないた誰も
いたところ

川底

田をつくる
鉱山の町で日雇の
米をたべる
掘りぬきの
ヤマのうちがれを

史書はつたえず
はじめて稲地を耕す川底で
逆流する郵便局の
おぼれかけの葉書が
差出人をさがしている

本草

長屋の春は
茶碗に
砂金を食べていた

横手と羽黒を結ぶ
本草に
茶碗は
めまいを煎じていた

長屋

こわれた茶碗を貼り合わせる
男の両手が
寝床の使者を迎える
魂はいつもほしがる石をあたえ
血を分けあう祖霊の前で

覚えのある男の足を
まさぐる
かなしい草とり
敷いた敷布を
かぶりにくる雪

風倉山

遊んでばかりの男が帰ってくる
道の駅で
停車まちの黄銅鉱のちりぢりに
くろぐろまつろわぬ虚栄はき
山湯も川湯もくだっておりる

本屋敷の遊女と
うつらうつら花実つけない風倉山の
藍を運ぶ
悲喜かれがれにながめ
もみぢのおわりをとどけにいく

坑夫

爆音せまる地鳴りを
葬ることはできない
みちつなぐ道のり

キラキラと鶏が歩いている
嵐の方角から金を掘るのだ
霧の裂け目を
弓なりにすがる妻といく

甲子

法を離れる群れは
金鉱にうそぶいて
爆破服の泥つけ
暮れる　暮れない
きちがいじみた
おぞましい舞をみせつける

ここに埴輪なく　土偶なら
いくらでも捨ててある
トロッコくだりの朝焼け
車輪のくびれにはずれる
待人が
酒はないのか女の
ヒグラシが啼きやまない
風が吹けば
群れがいなくなる

法

荒い
掟の
陽が昇る

むくいを狂う
落磐に遇う
無縁と有縁の
ほとりの事だ

やまきしゃ

ゆっくりながいカーブにさしかかる
しろいあしうらそろえ
ねつかれない　めで
すぎさるやまのおもてをなぞる
やみおえれば
はいのあなだけのこるのだろうか

しばしばあかりのちぎれるらんぷのほのおを
のばせば　てのふれられる
まどべにおく
はじまりがひとつなのに
ゆめは　いつもばらばらだった
かたちだけ
のころうとするものをはなれ
なにひとつしらされることなくきしゃはどこへいくのか
はいこうの
やまへらんぷのほのおははげしくもえおちていった

夜行

切符の印字かすむ
眠りかけの
足の先で
何が起っているのか
まばらな車内まばらな黒マント
崖つきおとす瀧のしずく

もどってくる渓川に
レールは光り
長さをかぞえられない
いきかえる火をめらめら昇って
はこばれない寒さは
駅を出ていった
赤いグリコ菓子の
音たてず箱から消えている
くらい客室に
機関車が停まった
まだ
駅舎を出ない駅員の告げない駅名

あといくつ
すぎさる夜行

絶頂

知らない人を見て
逝こうと思う
登る岳のそれが死なない証しなら
生れた輝きの
ほんの一点だ
どこかで血と肉が諍う

ながーい沢ながーい舌
カエルが
キャル　キャル　鳴いた
途中
黒い花びらを
樹々はかたちにとりかこむ
標高五百メートルの山頂で
窮極の事実は決定した

原郷

妖しい黎明に賛美され
痩身かけて向き直る

あれが
町の樹樹です

帰郷

かがやく
温泉《ゆ》の蔭から

撃たねばならなかった
どんな悲鳴も
弾丸の尖《さき》をゆく

家

マナコをとりかえる
神が旧家の池に
泊っている
漆喰をはぐ

塀の父系は
母でなければ届かない
梁の歳月を
鈎型に
架ける

iii 家の川

蝶

野菊の土地から産まれる金山を
掃いている庭人
タテハ蝶たたむ
むらさきの静かな晩だった

生まれとはみんないなくなったあとの
生まれを知ることか
かけらのない空に
そびえるヒマラヤ杉を
飛んでいこう

妖怪

サンダル穿いた
ゲゲゲの鬼太郎

他愛なく放尿している
きみも
きみの労働を終ったのか

少年時代

曇天の広場で
卒倒するかもしれない
夢遊の帰宅を遂げるかもしれない

桔梗の花咲く溜池のほとり
水位が下がる
イモリの感情とながれる

蘭梅語り

嘴が
碧い空から降りてくる
ひとたび柱を建てれば
漆喰へ
墨をないまぜに

蘭梅山から男達がひびいてくる
　オオぃ風呂まだすヵ
へへぃ離れ谷まで来てけなんせ
酒壺のマムシが
上弦の月にかかる
光る刃を置く
離れ谷まで
嘴が渡る
　シャぁまだすヵ
あとひとつ谷を下ってくなんせ
漆喰の墨を塗って
肉声が渡る

碧い蘭梅山の
煙あびてる岩切師に虫はねる

人参

野暮な人参をひっこぬいたら
ひっこぬかれた人参は「野暮でわるかったナ」と見上げ
「おまえも土をつけてみろ」といったが
かけてもかけても土の顔になれなかった
土を除けられ　すべすべの赤い人参は
「白いおまえをみていたら　おれの野暮もわかった

さて　これからおまえどうする？」
白いのが土の中へもぐろうとすると
「土表じゃない　もっともっと深くもぐって
土そのものにならなきゃだめだ」といわれ
うすいサクサクの湿っぽい土になった
「やっとこれで一緒に下にぐんぐん育っていけるぞ」
人参はあかい日をあびてよろこんだ
野暮も一緒になって随いていった

世塵

ぶっぱなしてやった
尻はこれでカルクなっただろう
身すぎ世すぎの
浄められない満天の星を墜ちる
奴らを晴らすことは終った

ぐにゃぐにゃの
牛蒡のようなものを着て
畠に帰る
ワッはっはっ
ふんぞりかえった土表で
牛蒡は寐ていた

父帰る

呉服問屋の
算盤は
はじく爪先を
かたい時鐘となし
またしても
曲った線の入るのを

薄れるノオトに
シベリアの
空は消そうとする
夜明
満州歩哨は
ただ一匹の
国境となった

影裏

脚さらす
飢える沢蟹を
ひねれば

苦渋の
あかりを照らす
月明が覚えている

迷宮

ぼやける
道はかくれて
曲がったのか

泊りの客の
すぎていく色をおりて
髭はあかるい

正妻

見送るひとが
手を振るおんな
在った日を
いぶされる

白い竿になる布
山林の自由に
手はふられて
色をつけない
流浪の別れ

とうもろこし

ひきずって
どこにもいばしょのないてんとうむし
さかさまにころがるとうもろこしの
なまぐさいにおいたちこめるゆかへ
おののきにげる
とんで

もはやとどめられないナイフと
さきにしずまるてんとうむしをおさえながら
くたびれのははといもうとをつれていえをでた
ながいなわばしごをおろされ
あかるいそらにでる
川はゆめのなかにしかなかった
とうもろこしのひとつぶひとつぶはぬかれ
はのあいだにのみこまれそうなぼろぼろのしんだけを
ほねのままましんぶんしにつつむ
しみるあらそいに
くらいヒマワリをそだてるあねのめの
けものじみたふりかえりをこばみ

むぞうさに
ぬいこむぞうきんのいとをもみしだきながら
ものほしざおに
ちぎれるかぜをたたんだ

家の川

行ってしまう
ことだった
隣家の木戸に
いくつも灯りが炎えて
呼んだり触ったり

しないことだった
肉と親と離れる
切れ残る柱の痕の
義眼をとおす裸電球は
投げこまれた
川のゆめのなかを照らしていた

父軀輓歌

脛をなぞり
兀々と
鎖骨をくだる

餓える戦さが
塵肺冷やす闘いが
なだらかな
鎮撫の旧道を下りる

逍遙

手に折って
葦をめくり
身に代わる
深川の溝を

措いてくる
嗄れすさぶ
襤褸となり
虚榮となり

観音

どぶろく一杯
薫る

御堂の鐘を撞く

まがね

さてつはりつく
じしゃくに
とりのこされた

かげぼうしの
にんげんが
ひかれていった

座敷

髪をすき
眠りをといて
乾燥した指で
障子をあけると

黄色い花が
しいんと立っていた
ふふふ
みてしまったのね

非人

急ぐべきだった
まるごとみえる
紙の望遠鏡
赤いみちゆく麓に
おいてきた
さらわれても

まちがいにならない
きちがい嗤う
國訛り
輪の中
きしる
裁きちる雪

はぐれもの

あるきつかれた
雑踏に
色どり見られ
膚《はだえ》ねばつく

血と麦を
ひきかえしてくる
漂流

悦び

カマキリの首を切ることは
石を切る悦びに似ている
冬になったばかりの路傍で
鎌を持ち上げた恰好のカマキリが
石になっていることがある
珍しさのあまりそれを手にしても

カマキリの頭角はぼろぼろに崩れ
ついに跡形も無くなってしまう
石切場では男が今日も石を切っている
つるつるに磨かれた黒曜石や
伐り出したばかりの天然石の隅に
石となったカマキリが
幾百となく無造作に積まれ
精をだす男の手のまったく変わらぬ動作で
石のカマキリの首を打ち落とし
打ち落とされたカマキリは
不思議にまもなく姿をくらまして
あたりいちめん石のかけらひとつ残っていない

満ち足りた笑みをうかべて
湿った汗に潤う男は
その後どうなったのか知れない
[石切場]という地名が
斧といっしょに在るだけである

観音

いけどりの
蛇のいきれをあらう

ことわりに
和ぐ
十一面観音

懺悔

火傷の痕は
そのまま燗に曝し
指の傷は
賭場の紙幣に擦りつける
いくつも

寒波の夜具に
剝いだ獣皮を敷いて
ナイフの火で
伝承する山言葉を炙りながら
疵を懺悔する

山祇

やまがみは「おれに
うまいものをくわせろ」という

ヤマガミサマ　ハ　イワシ　ヲ　タベスギテ
ヤマノ　レイリョク　ヲ　ヘラシマセンヨウニ

オンナ　ノ　イワシ　ヲ　スコシ　タベ
ドキドキ　オトコヤマ　ノ　ケムリ　ヲ　ノボル

やけのこる
いわしのめが「おれ」をみる

早池峯

早池峯は
サムトの婆がくるような
神楽に襲われる
喋っていれば
笛と篝火さえあれば

おりてくるのだ
鉦を叩いて
おりてくる
驚かす
修験者もあるまいに
あかるむ闇をひらかれる

守り子峠

紅梅そめる
葉おろしの
風習わたる

帯さながらに
擦り切れるまで
泣き果てる
国境

なだれ

口の無い
舌をかじる
支度が
できていなかった

うしなった
回廊をとおって
白い陽となれるか
非業があばれる

舞

うずくまる
下端に
息をふきかけられて
地を降り

どこかへ伝えに
跳ねていった
ふきちぎり
ふぶかれた跡

雪女

ふきとり地蔵とあいさつ

桐子も
無口に隔てられて
忘れ去ったあいさつへ
あつまってくる
〈逝ってきました〉

〈おかえり〉
〈ただいま還りました〉
〈往ってきます〉
どうしたのかって
云いながら
ふきとり地蔵は
ふいに雪女と
おくれてきたわけを
ひと言ふた言も交わして
棄てられたなきがらの
塵のような雪を拾いはじめる
桐子に残されたあいさつが

うらがえるまま
重なり合っていた

和賀岳

めぐみのみずは
人の言葉も
血をそうように

まじりあうながれを
ひとつに
流れていた

略歴

一九五五年　岩手県湯田生

夏《なつ》の砦《とりで》

著者
照井《てるい》知二《ともじ》

発行者
小田久郎

発行所
株式会社思潮社
〒一六二—〇八四二 東京都新宿区市谷砂土原町三—十五
電話〇三（五八〇五）七五〇一（営業）
〇三（三二六七）八一四一（編集）

印刷・製本所
創栄図書印刷株式会社

発行日
二〇二一年十月三十一日